Susie Morgenstern

Soutif

Illustré par Catel Muller

Gallimard Jeunesse

1

Deux bébés montagnes pour changer mon monde

Sans qu'on le leur demande, ils se sont mis à pousser.

D'abord, ils ont ressemblé à deux yeux légèrement sortis de leurs orbites. Puis, à deux petits tas de sable sur une plage déserte, deux collines paisibles au milieu d'un champ stérile. Et maintenant, je porte carrément deux bébés montagnes, menaçantes et hors de contrôle.

À chacun de mes pas, ils s'agitent, faisant une double danse du ventre, mais plus haut que le ventre, quelque part entre la tête et le nombril. Il faudrait un harnais pour les tenir en place. Je croise les bras pour les cacher, mais je me suis vite rendu compte qu'on ne peut pas vivre en permanence avec les bras croisés. Alors je porte les grandes chemises de mon père, je garde le dos rond, la tête penchée sur la poitrine, faisant tout pour camoufler cette transformation non voulue.

Même mes trois frères sont surpris. Jusque-là, je n'étais que leur sœur unique, une vraie peste. Maintenant, ils zooment sans vergogne sur la région incriminée. Ma mère, elle, habituée aux garçons, ignore le phénomène, incapable de faire face à une petite dernière en train de se métamorphoser en monstre.

Je la comprends. Moi aussi, j'aurais aimé rester une petite fille. Ça s'appelle le syndrome de Peter Pan : une difficulté à grandir, un désir de demeurer enfant. Surtout, un refus de devenir adulte.

Qui, possédant un brin de santé mentale, aimerait être un adulte ?

Au collège, j'observe les autres victimes de la mutation qui se pavanent, remontant avec ostentation leurs bretelles glissantes. Je suis une fleur tardive par rapport à elles : treize ans, en 3e, et au tout début de ma peine.

Pour les coincer dans une cage et les forcer à obéir, j'ai d'abord pensé à ma grand-mère.

– Tu veux bien m'accompagner acheter un soutien-gorge ?

Ma grand-mère n'en voyait pas la raison ou l'utilité. Elle avait brûlé le sien pendant Mai 68, en public, et n'en avait plus jamais porté.

– Laisse tes seins tranquilles, Pauline, voyons ! Qu'ils vivent et qu'ils respirent !

– Mais ils me gênent, mamie !

– Alors change de sexe, ma grande !

Pas question de demander à ma mère, encore moins à mon père ou à mes frères.

C'est comme ça que je me rends seule, en expédition de reconnaissance, dans un grand magasin où je peux rester anonyme. Je palpe les bonnets en dentelle mais je préfère le coton écologique et sans chichi. Je n'ai aucune idée de ma taille, pourtant je n'ose pas demander à une vendeuse, même si, après tout, elle est là pour ça.

Finalement, je rentre avec mes économies intactes, et sans soutien-gorge. La maison est miraculeusement vide. J'en profite et je me glisse dans la chambre de ma mère. J'ouvre tous ses tiroirs jusqu'à dénicher une abondance de sous-vêtements. A-t-elle vraiment besoin de cette surconsommation de soutifs et de culottes ?

J'essaie ses soutiens-gorge l'un après l'autre. Ils sont tous immenses. Je les bourre avec les chaussettes de mon père roulées en boule. Il faut bien que je trouve ma taille, mais il doit y avoir une méthode plus facile !

Maintenant que j'y pense, je ne peux

plus vivre sans ce truc. Mes mamelles sans soutif m'empêchent de faire mes devoirs, d'écouter les profs, de lire, de regarder des séries, de suivre une conversation à table…

La preuve le soir même :

– Alors, qu'est-ce que tu en penses, Pauline ?

Je sursaute.

– De quoi ?

– Ben, des vacances ! Mer ou montagne ?

Je voudrais répondre « mer » mais, brusquement, je suis terrifiée à l'idée de me montrer en maillot de bain avec une poitrine pareille. Alors je grommelle :

– Montagne.

– Je croyais que tu détestais la montagne !

– On a le droit de changer d'avis, non ? Il faut s'ouvrir, dans la vie.

– Mais on a déjà loué une maison en bord de mer, dans le Var, se désespère ma mère.

– Pourquoi donc vous me demandez ce que je préfère ?

– On était sûrs que tu serais d'accord.

– On peut se séparer en deux groupes : ceux qui le veulent vont à la montagne et les autres, à la mer, propose Louis, qui est dans le camp montagne.

– On part tous ensemble ou rien du tout ! s'emporte ma mère.

– Eh bien, rien du tout ! tranche Roman. Chacun de son côté !

– Et pourquoi pas mer ET montagne ? suggère Pierre, incarnant la voix de la sagesse.

– Vous aurez tout le reste de vos vies pour partir sur vos propres chemins. Profitons encore un peu d'être en famille ! pleurniche Marc, mon père.

– Avant de remorquer des belles-filles derrière nous, ajoute maman.

– Affaire conclue : cet été, c'est la mer. Cette belle Méditerranée, la plage, et quand même la montagne pas loin…

– Papa, on n'est pas encore à Pâques, je proteste. On a tout le temps de choisir.

– Il faut prévoir, ma Pauline, avant que les locations soient complètes.

– Qui sait ce qui peut arriver d'ici là ? je lui réponds.

Mais je le sais pertinemment : rien de grandiose ne pourra arriver.

2

Veuillez me suivre, mademoiselle

Mon professeur d'histoire, M. Monnier, est jeune, beau et intéressant (ça existe !).

Ce jour-là, il commence son cours en nous expliquant que l'histoire n'est pas seulement l'histoire du monde, des guerres, des génocides. C'est aussi l'histoire de chaque objet, et ce qui nous permet de comprendre ce qui nous entoure.

– Prenons l'ordinateur et le chemin qu'il a accompli depuis que Blaise Pascal a créé la Pascaline en 1652, un ancêtre de l'ordinateur. Par la suite, chaque inventeur lui a apporté des améliorations, de nouvelles techniques, des avancées. Et, petit à petit, avec la miniaturisation, on a fini par porter un ordinateur au poignet, alors qu'autrefois il fallait un hangar immense pour le caser. Pour la rentrée des vacances de Pâques, il conclut, je voudrais que vous choisissiez un objet précieux et que vous retraciez son histoire depuis sa conception jusqu'à nos jours.

Chaque nouveau devoir provoque les gémissements de mes camarades de classe, mais moi j'adore. Plus on m'en donne à faire, plus je suis contente. Eh oui ! Croyez-le ou pas, ça existe, des gens comme moi !

Entre deux cours, Justine veut savoir quel objet je vais étudier.

– Et toi ? je lance à mon tour, histoire de garder le secret.

Je ne sais pas si j'en aurai le courage mais j'ai comme une petite idée. En rentrant, je fais un crochet à la bibliothèque et j'emprunte un livre sur l'histoire du vêtement.

Chez nous, Pâques n'a rien de solennel ou de religieux, à part les inévitables œufs en chocolat.

Chaque année, mamie et papy persistent à nous acheter des lapins, des poules et toute la basse-cour en confiserie. On a beau être des adolescents mûrs et évolués, on ne dit jamais non à du chocolat. Et comme on a deux pleines paires de grands-parents, on ne passe jamais loin de la crise de foie.

Pendant les vacances de Pâques, en général, nous visitons une ville européenne où nos parents essaient de nous éveiller à l'art, nous traînant de musée en musée. Dans chaque pays, on teste la cuisine locale : la *Sachertorte* à Vienne, une panoplie de *paste* à Bologne, les frites à Bruxelles… Chaque ville a une gourmandise à offrir qui nous console de l'overdose de tableaux et de sculptures. N'empêche que je suis consciente de ma chance d'avoir des parents qui nous trimballent à travers l'Europe dans le but de nous cultiver et qui gagnent assez d'argent pour le faire. Pas très riches, mais certainement pas pauvres, nous appartenons à ce que M. Monnier appelle la classe moyenne supérieure, et nous vivons plutôt bien.

Cette fois encore, on n'y coupe pas : dix jours à parcourir tous les musées de Madrid et à se gaver de paella. Quand la rentrée arrive, je n'ai pas eu le temps de faire ma recherche en histoire et je n'ai pas encore acheté de soutien-gorge. Pourquoi je zappe cette corvée ? Fidélité à ma grand-mère ? Paresse ? Incapacité à agir ?

C'est décidé, je fonce. C'est comme ça, on remet toujours à plus tard et puis, un jour, ça y est ! C'est le moment, on ne sait pas pourquoi.

Je file dans le même grand magasin où l'anonymat est possible. Je pioche dans un bac une demi-douzaine de soutifs de toutes les tailles et je m'enferme dans la cabine d'essayage. Mais là, brusquement, la tâche me semble insurmontable : se déshabiller, enfoncer les deux tas de graisse dans les bonnets, trouver les crochets derrière le dos, affronter son image dans le miroir… C'est plus que je ne peux en supporter. Alors je fourre la poignée

tout emmêlée de soutifs dans mon sac, avec l'intention de les remettre dans leur bac, et je sors de la cabine, en sueur et les oreilles qui bourdonnent.

Je traîne un moment par-ci par-là, pour tâter une culotte, regarder un maillot de bain, avant de m'acheminer vers la sortie.

J'ai à peine passé le portillon qu'une main lourde comme un tronc d'arbre s'abat sur mon épaule.

– Une minute, mademoiselle. Veuillez me suivre ! ordonne la main.

Dans un état second, sans vraiment réaliser ce que j'ai pu faire de mal, je suis le vigile à l'intérieur du magasin, m'imaginant soudain jetée en prison pour le restant de mes jours.

Si bizarre que ça paraisse, je n'ai jamais eu affaire de toute ma vie à des policiers ou à des vigiles. Même pas au principal de mon collège.

– Papiers ! aboie l'agent de sécurité.

– Je n'en ai pas sur moi..., je bredouille.

– Alors, numéro de téléphone de vos parents, insiste le type.

Je bafouille le numéro de mon frère aîné, Pierre, mais j'aurais peut-être mieux fait de donner celui de mes parents. Ils sont tous les deux avocats, après tout.

Par chance, mon frère décroche et s'engage à venir tout de suite.

– Attendez ici, ordonne le vigile.

Attendre n'est pas mon fort : je déteste les salles d'attente, chez le médecin, chez le dentiste, dans les gares et dans les aéroports, ou faire la queue au Monoprix... Même le collège est une salle d'attente géante où l'on guette le savoir, le bac, un avenir. Mais ici, dans ce bureau, c'est une torture : j'ai peur et je suis subitement bourrelée de remords. Après avoir été une petite fille modèle, une élève travailleuse et sérieuse, une sœur attentionnée et une fille dévouée, je crois que je viens de gâcher ma vie. Tout le monde va découvrir mon côté démoniaque.

La prison est-elle un meilleur endroit que le collège ?

Mon frère Pierre, étudiant dans une grande école d'ingénieurs, arrive en courant. Il me trouve prostrée de terreur et demande à parler en privé au vigile. Je ne sais pas ce qu'il lui dit mais, quand ils reviennent vers moi, l'espèce de flic me tend une feuille de papier. Je la prends d'une main tremblante et je la signe sans la lire.

– Vous voyez, dit le vigile, je pourrais vous envoyer devant le juge, qui vous condamnerait à un travail d'intérêt général pour avoir commis une infraction.

– Oh ! je soupire en devenant vert pâle.

– D'après votre frère, vous êtes une fille sans histoires. Je comprends que vous n'aimeriez pas informer vos parents de cette toute première infraction. Alors, laissons tomber les formalités. Votre frère m'a payé les soutiens-gorge. Je vais donc vous épargner l'épreuve d'aller devant le juge avec un avocat.

– Merci, dit Pierre. Nous vous sommes reconnaissants.

– En échange, vous allez me rendre un service personnel.

– Si nous pouvons vous être utiles…, murmure Pierre.

– Je voudrais que Pauline prenne sous son aile ma nièce, qui a des problèmes au collège. Revenez donc samedi pour la rencontrer et fixer un programme.

– Pauline sera heureuse de rendre ce service. À quelle heure voulez-vous qu'elle vienne ? s'enquiert Pierre.

Les arrangements faits, Pierre me prend la main (je serai éternellement sa petite sœur, malgré les nichons) et nous sortons du magasin, libres.

– Qu'est-ce que tu lui as raconté pour qu'il soit si coulant ? je demande.

– Que nos parents sont morts dans un accident de voiture, que tu es atteinte d'un cancer et que notre maison a brûlé…

– Quoi ? Tu es fou ? Faut pas dire des

choses comme ça. Tes bobards vont nous porter malheur !

– Il ne faut pas voler non plus ! il rétorque. En fait, je lui ai juste expliqué que tu entrais dans la phase de puberté et que tu étais instable.

– N'importe quoi !

Une fois dans sa voiture, je lis enfin la feuille que le vigile m'a donnée. Il y a son nom, son numéro de téléphone et « l'ordonnance » : m'occuper un mois entier de sa nièce.

– Tu vas le dire aux parents ?

– Ben non, bien sûr…

– Tu es un vrai frère !

– À condition que tu ne recommences pas, hein ! Mais qu'est-ce qui t'a pris ?

Je hausse les épaules.

– Je ne sais pas. C'est un acte manqué : peut-être que je ne voulais pas payer pour ces trucs que je déteste. Ou peut-être que j'ai pensé que ça devrait être remboursé par la Sécu…

– Promets-moi que tu ne voleras plus.

– Plutôt mourir que de revivre ça !

– Tu es consciente que c'est un délit grave ?

– Mais je suis mineure.

– Et alors ? Tu peux aller en prison à partir de treize ans.

– Je t'assure, Pierre, j'étais momentanément hors circuit.

Je le remercie d'avoir payé mes cache-misère. Il me donne le ticket de caisse, au cas où je voudrais les rapporter. Mais pas question : puisque je les ai, je les garde.

– Tu te rends compte ? Je vais devoir m'occuper de sa nièce deux journées par semaine pendant un mois !

– Ça t'apprendra. Mais comment tu vas expliquer ton absence ces jours-là ?

– Je dirai que j'ai un truc à faire pour le collège.

Quand Pierre me laisse devant la maison pour retourner en cours, je répète :

– Désolée ! Merci ! Tu es le meilleur frère du monde.

Puis je monte quatre à quatre jusqu'à ma chambre avec mon butin. Voluptueusement, j'essaie l'un après l'autre, sans me presser, les ignobles bouts de tissu. Ils me vont tous. C'est dire à quel point les tailles de soutif sont précises ! Me voilà avec toute une garde-robe de balconnets.

J'installe la chair grassouillette dans les deux bonnets et je descends m'activer dans la cuisine. J'ai certainement passé une étape décisive dans la marche vers la féminitude. Afin de me racheter et d'apaiser ma culpabilité, j'épluche des légumes et mets à cuire des lentilles pour faire une soupe. Je dresse la table. Je prépare une salade. Et je commence à rédiger mon exposé d'histoire.

3
Des balconnets pour les bosses

Dans l'Antiquité, il y avait certes des seins, mais les femmes cherchaient à les camoufler en portant des bandes de tissu larges comme des pansements drapés autour de leur corps pour gommer leur poitrine. La mode était à l'androgynie.

Je sais maintenant pourquoi j'ai des affinités avec l'Antiquité !

Que s'est-il passé entre l'Antiquité et le Moyen Âge, où l'on s'évertuait au contraire à mettre les seins en valeur ? Laissons-les déborder, et tant mieux. Des corsages avec des lacets que l'on a envie de tirer, des robes qui rehaussent les deux bosses, et si l'une des deux s'échappe de la robe, c'est le bonheur.

Ensuite, durant une longue période d'environ cinq cents ans, du XVe *au* XXe *siècle, la chair se recroqueville dans une armure que l'on appelle un corset. Comprimer, réprimer, confiner pour obtenir une taille de guêpe sculptée dans la masse à l'aide de lacets, de baleines et de tiges… Et voilà la femme moulée et étouffée dans un corps qui ne lui ressemble plus…*

Absorbée dans mon travail, je ne vois pas le temps passer. Quand je relève la tête, il est plus de dix-neuf heures. Bizarre ! Toute la famille devrait déjà être rentrée. Pour tromper mon attente, je me mets à faire le gâteau préféré de Pierre – je lui dois bien ça.

Toujours personne. Je repense aux malheurs énumérés par Pierre cet après-midi pour plaisanter, et je les imagine brusquement tous les cinq victimes d'un accident de voiture.

Au même moment, un « Bonsoir ! » retentit. C'est maman et papa, ressuscités, sains et saufs. Quel soulagement !

– Vous avez vu l'heure ? je fais remarquer. Je commençais à sacrément m'inquiéter !

– Beaucoup de circulation… À devenir fous ! dit mon père.

– Je vous rappelle, je grogne, que nous sommes tous propriétaires de ce dispositif moderne qu'on appelle un téléphone portable. Un truc qui sert à passer des coups de fil, par exemple pour rassurer ceux qui attendent dans l'angoisse quand on est en retard.

Ils détournent la conversation :

– Et toi, bonne journée ?

– Oui oui, je mens.

– Rien de particulier ?

– Non non, je mens encore.

Ma mauvaise humeur disparaît quand on se retrouve tous les six autour de la table et qu'on me complimente sur ma soupe aux lentilles corail. Au dessert, Pierre m'envoie un baiser pour le gâteau. Je lui retourne son baiser, mais pour une autre raison, à cause de ce qu'il sait. Notre secret.

Puis je remonte dans ma chambre et je reprends mes recherches.

À l'Exposition universelle de Paris, en 1889, une certaine Hermine Cadolle a introduit l'ancêtre du soutien-gorge, que l'on appelait alors le « maintien-gorge » ou la « gorgerette ».

Le « couteau sur la gorge » ! plutôt, je pense.

Mais une Américaine, Mary Phelps Jacob, en 1914, lui vole la vedette avec un modèle fait de deux bonnets en forme de triangle reliés ensemble. Dans les années 1950, on voit apparaître les soutiens-gorge pigeonnants, qui font des seins pointus, et, dans les années 1960, ceux qui mettent la poitrine en valeur en la remontant avec des « push-up ».

Puis arrive la génération de ma grand-mère, quand les femmes brûlent leurs soutiens-gorge en public, pendant Mai 68, révolution sexuelle oblige !

Beaucoup de formes, de coupes bizarres et de fausses innovations remplissent mon devoir. N'empêche, malgré son histoire mouvementée, le soutien-gorge reste un accessoire casse-pieds.

Un des articles que j'ai lus pour préparer ce devoir est intitulé « Entre oppression et séduction ». J'essaie de comprendre pourquoi l'idée du soutien-gorge me gêne tant, alors que la culotte, elle, pas du tout. Peut-être parce que j'ai toujours porté une culotte (même sous forme de couche quand j'étais bébé) alors que le soutien-gorge est une étape malvenue dans la marche vers l'âge adulte.

Être adulte ? Beurk ! Avoir un boulot, un salaire, un logement, un amoureux, des impôts à payer... Fabriquer des enfants qui, eux aussi, vont devoir quitter l'enfance pendant que, nous, on vieillira, ce qui n'a pas l'air d'être drôle non plus... Qui voudrait de ça ?

L'enfance et la préadolescence, c'est le paradis de la vie. On va à l'école, on est nourris, bichonnés, encadrés, encouragés, félicités... Le plus souvent, on est aimés et admirés pour le simple fait qu'on existe.

Moi, ça me va. Je ne veux rien de plus.

Quand j'enfile un de mes multiples

soutiens-gorge alors qu'il commence à faire chaud et que les bretelles me grattent au point que j'ai l'impression de faire une allergie, je réalise qu'on ne peut pas arrêter le temps ni revenir en enfance.

Mais comme on le dit dans certaines philosophies, il faut accepter ce que l'on ne peut pas changer.

4
Code vestimentaire sans bretelles

J'ai travaillé une partie de la nuit sur mon projet.

Les copains de classe râlent (pour changer !) devant le boulot que ça demande mais, moi, je suis heureuse d'approfondir ma compréhension du monde, même si je le fais à travers le soutien-gorge. C'est fascinant de retracer la création des choses et leur évolution.

Mes camarades sont plus excités par les plaisirs éphémères que par l'histoire de l'humanité. En ce moment, ils préparent le bal de fin d'année, qui aura lieu dans le gymnase du collège.

Ce n'est pas une tradition, juste un emprunt de plus à leurs séries américaines préférées. C'est la première fois que ce genre d'événement est organisé dans notre école. Le nouveau directeur est avide de reconnaissance et il ne refuse rien, même un truc aussi bête qu'un bal de fin d'année.

Moi, j'aurais mieux aimé un pique-nique. Ou rien du tout. Pourquoi faut-il tout faire comme les Amerloques ? À ce train-là, bientôt, nous aurons des pom-pom girls et le Super Bowl. Je n'ai rien contre le fait de fédérer les élèves et de les encourager à aimer leur collège. Mais nous devons avoir notre idée à nous, une idée française.

Le bal, au début, était réservé aux 3e. Par malheur, on l'a ouvert aux 4e. Et pourquoi pas aux petits 6e ? Ou carrément à la grande section de maternelle ?

Me voilà embarquée à contrecœur dans le comité d'organisation. Par où commencer ? Je n'ai aucune imagination pour faire la fête. À part l'alcool, bien sûr, mais c'est interdit.

Les autres filles ne pensent qu'au code vestimentaire pour ce soir-là – le « *dress code* », comme elles disent.

– Tenue de soirée obligatoire, décident-elles.

– Vous rigolez ? je proteste. Que chacun vienne comme il veut, au contraire. Tenue décontractée, relax, confort !

– Pourquoi pas en pyjama, pendant que tu y es ?

– J'ai même pas de robe habillée à me mettre !

– Je t'en prête une, me dit Justine. Viens chez moi tout à l'heure, tu choisiras celle que tu préfères.

Je capitule.

– C'est gentil. D'accord... Mais si on commençait par le commencement ?

En fixant une date pour le bal, par exemple.

Tout le monde a l'air surpris avant de céder à l'évidence.

– Et l'argent? Vous y avez pensé, à l'argent?

Jérémie me regarde comme si j'étais folle.

– On a le gymnase, pas besoin de louer une salle. Pourquoi tu parles d'argent?

– Ben, pour la musique. Pour la nourriture, la déco…

– Pas faux, il admet.

Je propose aussi de créer un comité de nettoyage, et un autre pour chercher des sponsors. Ils ont bien fait de me coopter!

Justine, qui a eu le courage de démissionner du comité «pour des raisons personnelles», m'embarque chez elle. Je reste stupéfaite devant sa garde-robe. C'est vrai qu'elle est bien habillée, toujours impeccable, la seule à porter des jupes et des robes dans notre mer de blue-jeans déchirés. Je la respecte pour son non-conformisme.

– Comment ça se fait que tu aies tant de robes de soirée ?

– C'est parce que je suis pianiste de haut niveau, explique-t-elle. J'ai des récitals. Bientôt, je donnerai un concert. Tu comprends que je ne peux pas m'amuser à participer à des comités des fêtes.

Je savais qu'elle allait souvent au conservatoire mais elle ne m'a jamais parlé du piano, comme si c'était son jardin secret.

– Je ne t'ai jamais entendue. Tu veux bien jouer quelque chose pour moi ?

– D'accord, elle dit. Essaie une robe pendant ce temps-là.

La musique aidant peut-être (elle joue comme une pro !), j'adore la robe que j'ai choisie dans son dressing. Dedans, j'ai l'impression d'être Cendrillon habillée par ma bonne fée. D'être transformée. Le seul problème, c'est que c'est une robe bustier, alors il faut un soutien-gorge sans

bretelles. Comme je ne volerai plus jamais, il va falloir que je mendie de l'argent auprès de mes parents, et puis que j'aille en acheter un.

Au moins je connais ma taille, maintenant.

Je demande à mes frères des idées pour le bal. Voici ce qu'ils proposent :

1) Élire un couple roi et reine de l'année. (Mes frères sont des adeptes des séries aussi !)

2) Engager le petit groupe rock de Roman ou un copain DJ pour créer l'ambiance.

3) Organiser un concours de danse.

4) Faire venir un photographe.

De bonnes idées sans doute, mais a-t-on besoin de tout ça ? Pour moi, ça ajoute des tracas pour pas grand-chose.

– Tu iras avec qui ? demande Louis.

– Avec moi-même. Et avec Justine peut-être.

– Il ne faut pas venir en couple à un bal de fin d'année ?

Si c'est le cas, alors Justine et moi formerons un couple. Dans les séries américaines, le critère de réussite dans la vie, c'est d'avoir « *a date* » (un rencard) le samedi soir ou pour tel ou tel événement. Les filles subissent une pression constante pour atteindre cet objectif. J'espère que l'on ne va pas aussi importer ces bêtises en France !

5
La malédiction des femmes

Aujourd'hui, M. Monnier nous rend nos copies.

Comme d'habitude, tout le monde se met à se lamenter sur la sale note qu'il a eue. Mais voilà que le prof, en me tendant mon devoir, me demande de le lire à toute la classe.

Il plaisante ou quoi ? Que je lise à haute voix « Tout ce que vous n'avez jamais voulu savoir sur le… soutien-gorge » ? Je le supplie du regard mais il fait celui qui n'a rien vu et m'invite à venir au tableau.

Comble de malheur, j'ai aujourd'hui la deuxième malédiction de la vie d'une femme : mes règles ! Mon ventre est tordu de douleur. J'ai l'impression que tout ce que j'ai à l'intérieur fuit vers l'extérieur. J'ai peur de dégouliner, de tacher de rouge mon pantalon, de m'évanouir et d'être emportée par deux ambulanciers.

Quand j'ai eu mes règles pour la première fois, j'ai cru que j'étais en train de mourir. J'avais trop honte pour appeler au secours, mais j'ai quand même téléphoné à ma mère, qui m'a (enfin !) expliqué ce qui m'arrivait. Elle m'a donné des instructions brumeuses que j'ai suivies en apnée. Est-ce qu'un jour on s'habitue à cette agression infligée par le corps ? « Couche interne de l'utérus, hormones, ovaires, trompe de Fallope, ovule, glaire cervicale… » Je connais vaguement ce lexique intime, non pas grâce à ma mère mais à Internet, béni soit-il. Avec Internet, les mères ne sont plus indispensables !

Je suis donc en proie à une hémorragie quand je m'achemine vers le tableau, mes deux cuisses soudées l'une contre l'autre comme des siamois.

Je commence par dessiner au tableau le corps nu d'une femme. Quitte à se ridiculiser, soyons originale et drôle. À côté, je note les différentes périodes de l'évolution du sous-vêtement en question. Puis je m'éclaircis la voix et je me jette à l'eau : le feu aux joues, je retrace l'histoire

du soutien-gorge avec un sérieux exemplaire, tandis que les autres ricanent et se donnent des coups de coude.

– Merci, Pauline, conclut le prof avant de se tourner vers la classe. Vous avez des questions ?

Mais j'ai déjà filé aux toilettes pour changer ma protection.

La femme est la plus mal lotie des deux sexes. Sans parler de l'accouchement, qui n'a pas l'air recommandable, à en juger par les hurlements que poussent les futures mères dans les films…

Ce déséquilibre injuste entre les sexes trouve ses origines dans la Bible. J'en ai lu les premiers chapitres une fois, à l'hôtel, parce que je m'ennuyais et qu'il y en avait une dans la table de nuit. C'est pour avoir incité son partenaire Adam à manger le fruit défendu de l'arbre de la connaissance qu'Ève, cette supposée mère de l'humanité, fut punie par Dieu, ainsi que toutes les femmes depuis. Ce fut la fin du paradis. Comme si le paradis, c'était rester dans l'ignorance !

Il dit à la femme: j'augmenterai la souffrance de tes grossesses, tu enfanteras avec douleur, et tes désirs se porteront vers ton mari, mais il dominera sur toi. Il dit à l'homme: puisque tu as écouté la voix de ta femme, et que tu as mangé de l'arbre au sujet duquel je t'avais donné cet ordre: tu n'en mangeras point ! Le sol sera maudit à cause de toi. C'est à force de peine que tu en tireras ta nourriture tous les jours de ta vie.

À mon tour d'être punie. Punie d'avoir essayé d'habiller mes seins. Est-ce qu'Ève avait des règles ? Elle, au moins, n'a pas eu à subir le soutien-gorge : de simples feuilles de vigne faisaient l'affaire à l'époque.

Après toutes ces histoires, il faut bien que je me rende au grand magasin chez mon ami vigile pour payer ma dette, non pas à la société, mais à ce monsieur qui me punit en voulant me ménager.

Il m'attend dans son bureau, la mine si renfrognée que, franchement, il me fait peur.

En face de lui, il y a une fille tatouée avec des piercings, les cheveux violet et vert, la poitrine à moitié nue dans un débardeur.

– Voici Pénélope, dit-il. Elle est en 3e, elle aussi, avec quelques problèmes scolaires et disciplinaires. Pendant un mois, vous allez passer deux jours par semaine ensemble. Ça commence aujourd'hui.

Je crois que j'aurais préféré un vrai travail d'intérêt général, finalement, comme ramasser les mégots de cigarettes sur les trottoirs ou ranger les étagères d'une bibliothèque plutôt que d'adopter une punk ! Baby-sitter une fille de mon âge, ou plus, qui va faire de ma vie un enfer ?

– Ça peut être le mercredi et le samedi ?

SÉCURITÉ

je demande. Est-ce qu'il y a un programme ?

– À vous de le déterminer.

– On peut aller au cinéma, par exemple ?

– Il vaudrait mieux aider Pénélope en maths et en français, dit-il.

La fille, elle, reste muette et se contente de fixer ses ongles rongés.

– Où doit-on faire ça ?

Il hausse les épaules.

– Où vous voulez. Chez vous ou chez elle.

– Ah non ! Pas chez moi ! s'exclame Pénélope.

C'est la première fois que j'entends sa voix. Une voix basse et rauque de fumeuse.

– Comme tu veux, mais, chez moi, c'est très peuplé, je préviens en essayant d'imaginer comment je vais introduire cette fille dans notre maison pleine de mâles en proie à leur testostérone.

– À vous de vous mettre d'accord, conclut l'oncle vigile en nous poussant vers la sortie. Mais n'oubliez pas : j'attends votre compte rendu hebdomadaire.

Un compte rendu, en plus ? Je ne savais pas que ça faisait partie du marché !

6
Poitrine parfaite

Mon premier compte rendu :

J'ai amené Pénélope à la médiathèque comme on conduit l'agneau à l'abattoir. D'abord elle est restée longuement dehors à fumer au moins six cigarettes. Je n'ai pas osé la laisser seule de peur qu'elle ne s'enfuie. J'avais envie de pleurer mais j'ai plaqué un sourire idiot sur mon visage comme pour lui souhaiter la bienvenue. Je lui ai demandé si elle connaissait ce lieu. Il s'est avéré qu'elle ne sait pas ouvrir la bouche pour répondre à une question. J'ai essayé de faire connaissance avec des questions du genre : « Quelle est ta série préférée ou ton film culte ? » « Qu'est-ce que tu aimes faire dans la vie ? » « Est-ce que tu as des frères et sœurs ? » Elle ne m'a offert qu'un silence agressif.

Bon, la médiathèque est mon territoire. Peut-être aurait-il fallu aller sur le sien. Comme elle ne voulait vraiment pas entrer, j'ai demandé où elle voulait aller. En guise de réponse, elle a pris mon bras et nous avons fait trois fois le tour du parc, toujours sans parler. Si on avait été dans un film, ça aurait été un film muet. Puis j'ai lancé :

– Si tu pouvais changer une chose sur toi-même, ce serait quoi ?

Et là, le barrage s'est effondré.

– Ma famille. Je ne serais pas élevée par une mère alcoolique et un père en prison. J'aurais des sœurs. J'aurais un cerveau, une discipline, une passion au lieu de l'ennui permanent. Je serais toi !

– Mais, moi, je suis une voleuse. C'est pour ça que nous sommes condamnées à passer du

temps ensemble. Et sache que personne n'échangerait ses problèmes contre ceux de quelqu'un d'autre.

– Qu'est-ce que tu as volé ?

– Des soutiens-gorge.

– Celui que tu portes ?

– Parmi d'autres !

– Mais il est nul ! elle a dit.

Et elle m'a donné rendez-vous au magasin de lingerie pour le samedi suivant.

– Quand tu auras un soutien-gorge qui t'ira bien, tu t'aimeras mieux, elle m'a expliqué.

Je me demande si, elle, elle s'aime mieux avec ses tatouages affreux et ses piercings de rebelle. Est-ce qu'elle va me convaincre de l'imiter pour mon estime de moi ? Je ne vais jamais m'aimer mieux à cause d'un soutien-gorge !

Et voilà qu'en pleine rue elle sort un mètre ruban de son sac et entoure ma cage thoracique jusqu'à m'étouffer.

– C'est trop serré !

– Il faut le porter serré.

Puis elle entoure ma poitrine à l'endroit le plus fourni. Cette fois, ce n'est pas trop serré. Je suis mortifiée ! Elle déclare que ma taille est 85 C.

– Tu as de la veine ! C'est une poitrine parfaite.

Je suis heureuse d'apprendre que je suis parfaite.

On aurait dû commencer par ça. Vive Pénélope !

Elle me demande mon budget soutien-gorge, qui ne permet pas le haut de gamme. Mais elle semble tout savoir sur l'art de mettre en valeur les nichons. Elle me fait une visite guidée du magasin de lingerie : soutiens-gorge à armatures, à balconnet, soutiens-gorge bandeau, corbeille, dos nu, coque, moulé, minimisé, push-up, sport, triangle... Qui l'aurait cru ?

Pour finir, elle sélectionne trois modèles avant de m'installer dans la cabine.

– Déshabille-toi.

– Comme ça, devant toi ?

– Tu vois quelqu'un d'autre ici ? Prends celui-là et attache-le autour de la taille.

Je m'exécute. Puis elle tire le soutif vers le haut en enfonçant les deux Chamallows dans les bonnets. Ouh là là, quelle intimité ! Dire qu'avant-hier je ne la connaissais même pas ! Elle l'ajuste en arrangeant toute la gélatine d'une manière avantageuse.

– Il faut qu'ils soient à mi-chemin entre le coude et l'épaule, explique-t-elle en évaluant le résultat comme une couturière.

Elle raccourcit les bretelles et juge le soutif acceptable. Mais avant d'annoncer son verdict, elle vérifie les bonnets, les crochets, la forme d'ensemble.

– C'est bon, elle conclut. Pas besoin d'essayer les autres.

Cette fois, je passe à la caisse comme le veut la société. Et puis Pénélope insiste pour que je l'enfile tout de suite. Elle est tellement autoritaire que je ne peux pas faire autrement. Je suis contente qu'elle me parle, même si c'est pour me donner des ordres. J'ai encore six jours et demi à passer en sa compagnie. Je retourne dans la cabine, j'enlève celui que je porte, je le fourre dans mon sac et j'enfile le neuf.

– Ça te va, comme ça ?

Elle me prend par le bras, m'entraîne vers la sortie et lance :

– *OK, let's rock!*

– *Let's rock*?

– Ce serait dommage de ne pas promener la paire de lolos que tu as! On va aller boire une bière dans un bar que je connais.

– T'es sûre? Je suis supposée travailler avec toi: maths, français, histoire...

– Après!

Je n'aime pas la bière, mais j'adore la compagnie de Pénélope, j'avoue. Elle est affectueuse et drôle. On m'a «recrutée» pour l'aider à se préparer au lycée et c'est elle qui m'aide à acquérir un soutien-gorge. Elle me présente à ses amis, qui ne sont pas du tout comme les miens, et m'introduit dans son monde. J'y rencontre un de ses potes, un type qui m'aurait dégoûtée il y a deux jours, avec ses tatouages et son anneau dans le nez. Il s'avère être parfaitement attentionné et curieux, et il me pose des questions

22

qui montrent un intérêt et une sensibilité réels. Je passe un bon moment en sa compagnie. Il s'appelle Liad.

C'est vrai que je me sens mieux dans ma peau. Enfin, plutôt dans ma poitrine. Au moment où on se sépare, je donne rendez-vous à Pénélope pour la semaine suivante.

Quand je suis de retour à la maison, Pierre regarde ma nouvelle allure et me chuchote :

– Tu n'as pas recommencé, j'espère.

– Non, jamais plus. Je l'ai acheté avec ma protégée.

– Ta protégée ?

– Tu sais bien, la nièce du vigile… Je dois passer deux jours par semaine avec elle pour l'aider dans sa scolarité.

– Elle est comment ?

– Tatouée, percée, endurcie.

– Et tu fais quoi avec elle ?

– J'essaie d'abord de faire connaissance.

– Cool.

7
Marieuse ratée

Ce samedi, Justine m'invite à son récital de piano. Je lui demande si je peux venir avec une amie. Est-ce que Pénélope va accepter d'y aller ?

Justine et moi avons gravité l'une vers l'autre au début des années de collège. Deux bizarroïdes, elle en raison de sa façon de s'habiller, et moi pour mon excès de zèle à l'école, que personne ne comprend.

J'aurais aimé qu'un de mes frères soit séduit par elle. Surtout Roman, parce qu'il est musicien aussi. Je voudrais choisir mes futures belles-sœurs afin de rester amie avec elles pour la vie. Justine et lui sont parfaits l'un pour l'autre, sauf que Roman pense qu'elle est une vraie pimbêche.

J'ai essayé de « marier » chacun de mes frères, mais chaque candidate a complètement foiré. Il y a eu Louise, la sœur de Jérémie, une grande sportive qui adore courir : Pierre la trouve trop maigre, avec une poitrine comme une feuille de papier et sans conversation. Quant à Jennifer, une fille que j'ai rencontrée dans le bus et présentée à Louis, c'est elle qui l'a rejeté. « Il n'est pas drôle ! » m'a-t-elle dit.

Mes parents, eux, se sont connus bien prosaïquement à la faculté, un jour où ils étaient assis côte à côte dans l'amphi d'un cours particulièrement ennuyeux de droit constitutionnel. Ils échangeaient des regards complices et poussaient des soupirs à l'unisson. C'était leur première année. Elle l'a invité à prendre un pot. Et puis, pot après pot, ils se sont mis à travailler ensemble avant de coucher ensemble. Pierre, mon frère, était depuis longtemps en route quand ils ont officialisé leur union.

Ils ne se sont plus jamais quittés. Ils partagent un cabinet de droit privé, une maison, quatre enfants, et ils sont ensemble vingt-quatre heures sur vingt-quatre, sept jours sur sept. Même les deux paires de grands-parents s'aiment et font des voyages ensemble. Tout ça n'a pas empêché leur fille d'être une hors-la-loi. On dirait que, pour tout le monde dans ma famille, la vie n'est qu'un long fleuve tranquille. Sauf pour moi. Les garçons font des études supérieures qui leur plaisent. Roman, après son bac, suivra la même voie, et je suppose que moi aussi… si je ne suis pas détournée du droit chemin.

Au-delà de leurs parcours sans heurt, mes parents ont l'air de bien s'aimer, et même de s'aimer tout court. Ce n'est pas pour autant qu'ils ne se disputent pas ! Ils sont souvent absents, souvent absorbés par leur petite personne, ce qui nous donne un certain degré d'autonomie, à nous leurs enfants. Je ne suis pas toujours d'accord avec eux – normal, nous ne sommes pas de la même génération. Ils ont eu une vie protégée et ils essaient de nous offrir la même. Ils ne semblent pas avoir conscience qu'il existe une population moins fortunée, des marginaux, des mal-logés, des familles monoparentales, des chômeurs… Eux, ils connaissent bien les embouteillages et la pollution. Je dois avouer que je ne pense pas beaucoup à l'environnement, et aux malheurs du monde non plus. Enfin, si, mais juste un peu.

Pierre, qui sait combien c'est la dèche chez nous quand personne ne pense à faire la cuisine, est passé chez le traiteur thaï et en a ramené… une fille de sa classe.

Samantha n'est pas d'une grande beauté mais elle est chaleureuse, curieuse (elle pose beaucoup de questions à chacun de nous) et, tout de suite, elle est intégrée à la famille. Ce qui prouve qu'on n'est jamais mieux servi que par soi-même puisque Pierre l'a trouvée sans mon aide.

Il est rayonnant, elle aussi, et du coup moi aussi. Il mérite un tel bonheur. Et puis, très naturellement, elle reste passer la nuit et ils repartent ensemble le lendemain.

Ils ont même prévu le pain frais pour le petit déjeuner. Dommage qu'il n'y ait plus de beurre ni de confiture… J'espère que les parents se décideront l'un de ces jours à faire de grandes courses.

Roman, lui, me harcèle avec sa question récurrente :

– Tu as trouvé une victime pour t'emmener au bal de fin d'année ?

– Toi, peut-être ?

– Ce serait de l'inceste !

– Un frère et une sœur qui vont à un bal ensemble, c'est de l'inceste ?

– OK, ma sœur, je serai ton cavalier. Vous avez engagé un DJ ?

– Aucune idée. C'est la responsabilité de mon comité.

– Toi, tu fais quoi ?

– Pas grand-chose ! Je ne suis même pas d'accord pour organiser ce truc !

Je m'habille pour le récital de Justine. Cela veut dire mettre le maudit soutien-gorge, une bretelle après l'autre, l'accrocher derrière, installer les seins dans les bonnets. Ma vie était plus facile avant ce souci supplémentaire. J'enfile une robe d'été et des sandales pour faire honneur à Justine et à sa musique.

J'ai donné rendez-vous à Pénélope devant le conservatoire. Elle n'y est pas. Heureusement que j'avais prévu une demi-heure de marge car elle arrive avec vingt minutes de retard. Habillée comme si elle pratiquait le plus vieux métier du monde. Seins plus dehors que dedans, longues jambes nues sous sa mini-mini-jupe. Maquillée en néon. Elle sort son crayon noir pour faire le contour de mes yeux.

– Un peu d'audace ! me dit-elle.

On prend place dans la salle de spectacle. Pénélope regarde autour d'elle comme quelqu'un qui a atterri sur une autre planète. Puis le récital commence.

– C'est quoi, ça ?

– Du Brahms, je murmure en lui montrant le programme.

Pianiste après pianiste, les morceaux s'enchaînent. Chaque fois, Pénélope me demande :

– C'est quoi, ça ?

Je lui montre le nom de Bach sur le programme et elle le prononce « Bache ».

Quand vient le tour de Justine, le nom du compositeur qu'elle joue, « Rachmaninov », est trop compliqué. Pénélope est comme en transe.

– C'est elle, ta copine ?

– Oui. Justine.

– Elle en a de la chance !

– Tu sais, elle travaille le piano comme une malade depuis qu'elle a cinq ans.

– Tu te rappelles que je t'ai dit que j'aurais aimé naître dans une autre famille ? Et que j'aimerais être toi ? J'ai changé d'avis, en fait : j'aimerais mieux être elle !

Elle a les larmes aux yeux.

– On est ce qu'on est. Il faut profiter au maximum de ce qu'on a.

– C'est-à-dire pas grand-chose !

– Arrête ! Tu es passionnante, Pénélope. Et belle ! Et en plus, si tu as envie d'étudier le piano, qu'est-ce qui t'en empêche ? Il y a des applications hyper astucieuses pour apprendre à jouer.

– Il faut peut-être avoir un piano…

– Ça se loue… Ou tu pourrais venir ici, en t'arrangeant avec le conservatoire. Je t'aiderai pour les démarches. Viens, je vais te présenter à Justine.

La mâchoire de Justine se décroche presque quand elle voit Pénélope. Il faut dire qu'elle en jette.

– Tu étais merveilleuse, tu as des doigts de fée, lui dit ma protégée. J'aimerais tellement savoir jouer comme toi !

Et Justine, en véritable chic fille, lui propose aussitôt :

– Viens à la maison, et je te donnerai ta première leçon.

Je ne sais pas grand-chose de la vie de Pénélope, mais l'idée de traîner ensemble n'est pas mauvaise, ni pour elle ni pour moi. On va chez Justine, qui lui montre des enchaînements tout simples, suffisants pour qu'elles se lancent dans un morceau à quatre mains.

Pendant qu'elles jouent, je compose un petit poème. Ça me prend de temps en temps, j'adore. En un clin d'œil, un texte est né. J'aime faire des rimes (puisque tout rime en français) et, souvent, j'amuse la famille à table avec mes essais.

Alors, quand les deux pianistes me rejoignent, Pénélope me demande ce que j'écris. Elle est un peu inquiète, sachant que je suis obligée de faire un compte rendu sur elle.

Je lis mon « poème » :

J'ai acheté mon premier soutif
À titre plus ou moins préventif
Pour les empêcher de déguerpir

(C'est à ça que le soutif doit servir)
Pénélope m'a aidée, c'est une pro
Deux bonnets pour ces superhéros
Mes deux seins, un à gauche et un à droite
Comme si on les piégeait en les mettant en boîte
Pauvre poitrine qui rêve d'être libre
Deux petits tas qui cherchent l'équilibre
Est-ce la vieillesse qui démarre
Ou la vie de femme qui se prépare ?

Pénélope me regarde comme si j'étais Marcel Proust, Molière, Rimbaud et Baudelaire réunis, et elle s'écrie :

– Moi aussi j'aimerais être une poétesse !

– Alors assieds-toi et écris !

– Je n'en suis pas capable. Je suis nulle en français.

– Tout le monde en est capable, je dis en lui passant une feuille et un stylo.

– Est-ce qu'on est obligé de faire des rimes ?

– Non, c'est comme tu veux. Tu peux faire des vers libres !

– Mais sur quel sujet ?
– Sur… sur le piano, par exemple.

À ma grande surprise, elle joue le jeu. Elle écrit :

Le piano est noir et blanc
Mais plein de couleurs
Les touches sont dures
Avec beaucoup de souplesse
Tu frappes avec tes doigts
Et ils te frappent au cœur.

– Mais c'est magnifique ! s'exclame Justine. Je peux faire une photo de ton poème ?
– Dis donc, je m'exclame à mon tour, tu deviens pianiste et poète le même jour !
Pénélope rayonne.

Et voilà que je fais une chose que je n'aurais jamais pu imaginer quand j'ai rencontré Pénélope : je l'invite à dîner chez moi.

C'est samedi, et – Dieu est grand – les parents ont rempli le garde-manger, le frigo, les placards. (Ça aussi, ça existe !)

Je me demande régulièrement pourquoi mes parents n'engagent pas quelqu'un pour les décharger des corvées qu'ils ne peuvent pas assumer, faute de temps, d'envie et d'aptitude. Notre maison est une pagaille bohème sans service minimum. Il y a sans cesse des crises de linge propre, des pannes diverses, et bien sûr un frigo vide. Souvent, aussi, de grandes résolutions : c'est décidé, ils vont chercher une femme de ménage ! Ce qu'ils ne font jamais, par flemme. Eux non plus, peut-être, n'ont jamais vraiment voulu devenir des adultes !

Pénélope devait s'attendre à une bicoque plutôt bourgeoise parce que, en découvrant l'endroit où je vis, elle s'écrie :

– Quel bordel, chez vous !

On le sait tous mais l'habitude nous aveugle et nous sommes surpris par sa réaction.

Dans un rare élan domestique, mes parents ont préparé des salades, des tartes salées et sucrées et ont même mis la table.

– Je vous présente Pénélope, je dis, me rappelant subitement qu'il va falloir expliquer sa présence dans ma vie.

Seul Pierre est au courant. Mais sa Samantha pose la question à brûle-pourpoint tellement Pénélope et moi semblons différentes.

– Comment vous vous connaissez ?

Pierre est gêné. Alors je me jette à l'eau.

– J'ai commis un délit, j'explique.

– Tu plaisantes ! dit Louis.

– Qu'est-ce que tu as fait ? demande Roman.

– J'ai volé cinq soutiens-gorge.

Mes parents écarquillent les yeux, comme foudroyés.

– Et au lieu de porter plainte contre moi, le gentil vigile, qui est l'oncle de Pénélope, m'a demandé de l'aider à réussir sa 3e pour qu'elle puisse entrer au lycée.

– On aurait dû t'envoyer en prison, déclare Louis avec son sérieux et son sens de la justice. Ça t'aurait servi de leçon !

– Je suis censée aider Pénélope pour ses devoirs, mais on n'y est pas encore arrivées. Cette « punition » est plutôt un cadeau parce que j'apprends plus d'elle qu'elle de moi. Et nous sommes devenues amies.

Mes parents sont muets et paralysés. Pierre m'adresse un regard d'approbation. Quant à Pénélope, elle fixe son assiette comme si elle voulait disparaître sous terre.

– J'étais inconsciente et je ne volerai plus jamais, je conclus. Ça, au moins, je le sais.

Ma mère est la première à rompre le silence :

– J'ai aussi volé un truc quand j'avais ton âge.

Tout le monde ouvre grand les yeux et s'exclame en chœur :

– Quoi ?

– Un bikini. Ma mère ne voulait pas que j'en porte. Je l'ai enfilé sous mes vêtements.

On ne m'a pas attrapée mais ça reste toujours dans ma tête.

– Il n'y a pas mort d'homme ! lance Roman.

– Pardon, mais *Qui vole un œuf vole un bœuf,* dit papa qui, comme Louis, a un côté sérieux, intègre, honnête… puritain.

– Moi, justement, j'ai volé des œufs, une fois, intervient Pénélope. Des œufs que j'ai gobés parce que j'avais faim. J'ai souvent faim… Mais pas ce soir. Ce dîner est délicieux !

Tout d'un coup, un silence se fait, comme si nous prenions conscience que nous ne sommes pas tous égaux dans la vie, même dans ce pays des droits de l'homme.

Quand Pénélope s'en va, ce soir-là, Roman me fait sa déclaration d'amour :

– Elle est vraiment cool, ta copine !

8

Confidence et confiance

Je suis allée chercher ma protégée à son collège, à l'autre bout de la ville. Cette fois, elle a accepté de m'emmener chez elle.

– Bienvenue dans notre logement social, me dit Pénélope en ouvrant la porte de son appartement.

Il n'y a rien de misérable tellement c'est bien rangé, lumineux, minimaliste. Tout le contraire de l'encombrement humain et matériel de mon chez-moi.

À propos d'humains, chez Pénélope, il

n'y a qu'elle et sa mère, qui met une demi-heure à sortir de sa chambre, tout échevelée et endormie. Elle ressemble plus à une sœur qu'à une mère. Elle m'offre une bière, je préfère de l'eau. J'ai apporté des cookies que j'ai faits la veille.

Nous sommes toutes les trois trop gênées pour entamer une conversation. Il faut faire quelque chose, mais quoi ?

– Vous habitez ici depuis longtemps ? j'interroge un peu bêtement.

Et comme si j'avais trouvé la clef de sa porte, la mère de Pénélope commence à me raconter sa vie :

– Je suis tombée enceinte à seize ans. On dit « tomber enceinte » et « tomber amoureux », tomber comme faire une chute, une descente aux Enfers.

Tout à coup, je me vois dans la même situation à cet âge. Un vrai drame. La mère de Pénélope continue :

– J'ai quitté l'école. Le père biologique ne voulait rien savoir, mes parents non

plus. C'est la France qui s'est occupée de moi, d'abord dans une structure pour des filles avec le même problème, et après, comme mère, avec des allocations et un logement. Il y avait une grosse pression pour que je fasse adopter ma fille, mais quand mes parents ont compris qu'il n'en était pas question, ils m'ont soutenue.

Pénélope hausse les épaules.

– Tu m'as empêchée d'être casée chez de riches notables et de faire plus tard un bel héritage ! Je fantasme pas mal sur des parents adoptifs.

– Et si tu avais été placée chez un roi, tu aurais passé ta vie à essayer de retrouver ta véritable mère, qui a eu le courage de te garder envers et contre tout, je fais remarquer.

– Mais après, maman n'a pas eu la force de construire une vie…

– Sa vie n'est pas finie ! je proteste.

La mère de Pénélope me regarde douloureusement.

– Je suis très abîmée, admet-elle.

Elle ne s'est pas présentée et je ne sais même pas son prénom.

– Ce n'est pas définitif ! je proteste encore. Vous pouvez en sortir.

– Comment ?

– Pôle emploi, désintox, etc.

– Dans quel ordre ?

– Il faut d'abord trouver un travail. Pénélope est grande et autonome mais elle a besoin d'une mère qui soit bien dans ses baskets.

Elles sont toutes les deux ébahies. Ce n'est peut-être pas tombé dans l'oreille d'une sourde, je me dis. Si seulement…

– Vous savez, votre fille a un énorme potentiel, et vous aussi.

Une poétesse américaine du XIXe siècle, Emily Dickinson, a passé pratiquement toute sa vie de vieille fille dans sa chambre à composer des poèmes simples et profonds que j'adore. J'en lis un chaque jour.

If I can stop one heart from breaking,
I shall not live in vain;
If I can ease one life the aching,
Or cool one pain,
Or help one fainting robin
Unto his nest again,
I shall not live in vain[*].

Ce mercredi-là, Pénélope accepte de faire ses devoirs avec moi. Elle en sait plus qu'elle ne croit. Il faut juste l'aider à reprendre confiance dans ses capacités.

En sortant de chez elle, ce sont les mots d'Emily Dickinson qui me bercent. Et je me dis que, grâce à cette punition, je deviendrai peut-être travailleuse sociale plus tard.

---

* « Si je peux empêcher un cœur de se briser / Je ne vivrai pas pour rien ; / Si la souffrance d'un seul être, je peux l'apaiser / Ou soulager un chagrin, / Ou si, le rouge-gorge, fourbu, parvient /Grâce à moi à regagner son nid enfin, / Je ne vivrai pas pour rien. » *(Traduction de l'autrice.)*

9
Le bal s'emballe

La veille du bal du collège, je prépare les troupes. Je ne sais pas pourquoi ni comment, mais je suis devenue grande cheffe, moi qui ne suis même pas d'accord avec ce genre d'événement. C'est sans doute mon autorité naturelle : les gens ont tendance à me suivre.

J'ai obtenu une invitation pour Pénélope, qui va venir avec Liad. Nous décorons le gymnase avec des guirlandes et des ballons multicolores. Justine a prévu une grande nappe pour la table du buffet (pizzas et canapés). Le DJ que le comité a engagé installe son matériel.

Le soir du bal, je ne mets pas de soutien-gorge sous le bustier et mes seins débordent de partout. Tant pis, je me sens belle. Justine l'est aussi. Pénélope est épatante dans sa robe noire – peu de robe en fait pour une belle quantité de corps.

Roman l'invite à danser. Liad doit avoir pitié de moi et nous devenons le couple d'un soir.

Aucun drame ne se produit comme il en arrive dans les séries. Peut-être certains ont-ils apporté des bouteilles d'alcool en cachette, mais personne ne tombe ivre mort. On danse, on grignote, c'est souriant et on dirait que l'on s'amuse. Que demander de plus ?

Un truc, si : Liad m'a embrassée ! Nous sommes sortis pour « prendre l'air » et il y a eu un carambolage de têtes qui s'approchent et de lèvres qui agissent comme des aimants. C'est mon premier baiser et

je n'en reviens pas. Peut-être, après tout, qu'il y a du bon à devenir adulte, à devenir une femme !

Le couple le plus remarquable et remarqué, c'est mon frère Roman et Pénélope, toujours au centre de l'attention. Au moment de proclamer le roi et la reine de la soirée, inévitablement, ce sont eux qui sont sacrés.

Je les embrasse en glissant à l'oreille de ma nouvelle amie :

– Reine, poétesse et pianiste en si peu de temps !

Pénélope est radieuse.

La soirée terminée, on procède au grand nettoyage et chacun rentre chez soi.

On faisait tout un foin de ce bal de fin d'année. Finalement, ça aura été un événement sans événement – en dehors de mon premier baiser, tout de même. Sympa, serein et tout simple.

10

Grâce à un soutif

Mes quatre semaines de « travail » avec Pénélope ont filé à la vitesse de l'éclair. C'est déjà fini. N'empêche que je lui donne rendez-vous pour le samedi suivant.

Elle m'annonce une grande nouvelle :

– Ma mère a trouvé du travail !

– Formidable ! je m'exclame avec une joie réelle. Quel travail ?

– Elle est serveuse dans un restau. Mais c'est un début. Elle est contente. Ça ne fait que quelques jours. Elle doit bien bosser parce qu'elle récolte pas mal de pourboires alors que le service est compris. Tu sais quoi ? Elle veut m'acheter un piano ! Et puis…

– Et puis ?

– Il y aura peut-être une place pour moi dans son restau cet été. Deux travailleuses d'un seul coup ! Et puis…

– Et puis ?

– Je vais au cinéma demain avec ton frère. Et puis…

Je suis étrangement folle de joie. Enfin ! Je présente une amie à un de mes frères, et il est partant. Et elle aussi.

– Et puis ?

– Je vais suivre un cours de rattrapage scolaire cet été qui va peut-être sauver mon année. À présent, je suis déterminée. Et puis…

– Et puis ?

– Tu n'as rien remarqué ?

Je la scrute. Et tout à coup, je vois.

– Tu as enlevé tes piercings ! Mais pourquoi ?

– Je sens que je n'en ai plus besoin pour exister.

– Et moi, j'ai fait mon dernier compte rendu pour ton oncle…

– Et tu as dit quoi ?

– Que tu es l'une des plus grandes surprises magiques de ma vie, et que j'espère que nous serons amies pour l'éternité.

– Non ! Tu as écrit ça ?

– Plus ou moins, en racontant tous les progrès que j'ai faits depuis que je t'ai rencontrée.

– Les progrès que tu as faits ? Mais non, c'est moi ! Je suis complètement transformée !

Il y a beaucoup de « et puis… » et d'exclamations et de compliments réciproques et sincères. Nous sommes jeunes, souriantes et de plus en plus confiantes. Et amies ! Justine nous a invitées à déjeuner chez elle. Elle va donner une nouvelle leçon de piano à Pénélope. Les grandes vacances arrivent. Je vais bronzer sans complexes.

Je vais revoir Liad. On va commencer le lycée, et puis et puis et puis… qui sait? On verra.

Et tout ça grâce à un soutif!

Table

L'autrice

Susie Morgenstern est née en 1945 dans le New Jersey, aux États-Unis, et vit depuis longtemps en France, à Nice. Grand nom de la littérature jeunesse contemporaine, elle a écrit plus de cent cinquante textes, traduits dans plus de vingt langues, et a été récompensée par de nombreux prix littéraires. Bien connue pour sa plume pleine de fantaisie, l'autrice sait éveiller ses jeunes lecteurs à tous les sujets : le corps, la famille, l'école, l'amour, la sexualité, la nourriture... avec humour et sans tabou.

Chez Gallimard Jeunesse, elle a publié : *Premier amour, dernier amour* (Folio Junior), *Oukélé la télé* (Folio Cadet), *La Valise rose* (album).

Bibliographie sélective

CHEZ GALLIMARD JEUNESSE :

Premier amour, dernier amour, illustré par Anne Tonnac, Folio Junior, 2010 ; CD audio lu par Marilou Berry, 2005

La Valise rose, illustré par Serge Bloch, album, 2015

Oukélé la télé, illustré par Pef, Folio Cadet, 2018

Mon chez-moi n'est plus chez moi (le déménagement), illustré par Serge Bloch, album, 2018

À L'ÉCOLE DES LOISIRS :

La Sixième, 1985

La Plage en béton, 1989

La première fois que j'ai eu seize ans, 1990

C'est pas juste, ou les déboires d'une petite fille entreprenante, 1990

Même les princesses doivent aller à l'école, illustré par Serge Bloch, 1991

Lettres d'amour de 0 à 10 ans, 1996

Les Deux Moitiés de l'amitié, 2003

Comment tomber amoureux sans tomber, 2017

im@mie, 2018

CHEZ D'AUTRES ÉDITEURS :

Emma, série illustrée par Séverine Cordier, Nathan, 2007

Le Cœur en panne, Bayard, 2008

Ma nouvelle boîte à histoires, La Martinière Jeunesse, 2010

Tes seins tombent, Actes Sud Junior, 2014

Carnet de l'apprenti écrivain, illustré par Theresa Bronn, La Martinière Jeunesse, 2016

Il pleut des en fait, des du coup et des voilà, illustré par Aline Bureau, Rageot, 2019

L'illustratrice

Entre presse, bande dessinée et édition, une cinquantaine d'ouvrages illustrés jalonnent l'œuvre de **Catel Muller**, dite Catel. Elle publie aussi des romans graphiques pour adultes comme *Olympe de Gouges*, *Joséphine Baker*, *Kiki de Montparnasse* (primé au Festival d'Angoulême), *Le Roman des Goscinny*.

Chez Gallimard Jeunesse, elle publie, avec Anne Goscinny, la série à succès *Le Monde de Lucrèce* (Roman Cadet) et illustre la série *Marion et Cie* (Folio Junior), de Fanny Joly.

Le papier de cet ouvrage est composé de fibres naturelles, renouvelables, recyclables, et fabriquées à partir de bois provenant de forêts gérées durablement.

Mise en page : Françoise Pham

Loi n° 49-956 du 16 juillet 1949
sur les publications destinées à la jeunesse
ISBN 978-2-07-515961-6
N° d'édition : 440871
Premier dépôt légal : novembre 2021
Dépôt légal : décembre 2021
Imprimé en Italie par Grafica Veneta S.p.A.